輝くとき

嬉代子

はじめに

或る春の日の朝、五才の幼い坊やミカ君は、南向きの明るく清潔な台所で、眩しい朝日を浴びながら、ママの作った朝食を美味しそうに食べていました。

テーブルの上には、ミカ君のお気に入りのくまモンの寝そべっているお盆。その上には、白いお皿に盛られた、トースト、オムレツ、付け合わせの赤いプティトマト等。そして、お揃いの白いカップにつがれたホットミルクがありました。

ミカ君は、テレビを見ながら、ガスレンジの前にいる大好きなママに尋ねました。

「トーストとオムレツの卵は、どこから来るの」と。

すると、ママはいつものように微笑みながら、明るく答えました。

「トーストのパンは小麦だから、小麦を育てている農家からよ。オムレツの卵も、農家の人が養鶏場で飼育し、卵を産ませてスーパーに卸し、ママが冷蔵庫に並んだ卵から選んで買い、毎朝、こんな風に、朝食のオムレツを焼き上げるの」

ミカ君は、首を縦に振り頷きました。

でも、ミカ君の質問は続きます。

「じゃあ、このテレビは？」

左手に、テレビのリモコンを握り、ママに真顔で尋ねました。

「テレビはね。電化製品の製造工場で、工員さん達に作られ、それから、電気屋さんに卸すの。そして、電気屋さんで良いテレビを探していたお父さんお母さんが買ってきて、この台所に置いたのよ」

と答えました。が、ママは、テレビの質問については、その答えはよく分りませんでした。そして、ミカ君の食べ終えた後の食器を片付け始めました。

そうです。ミカ君のこの質問は、テレビの知的財産権という謎の扉を少し開いたのです。

今日の新型コロナウィルスの感染という人類の難題が、世界中を席巻する以前、日本のテレビニュースでは、日本を始め、世界の先進諸国の知的財産権（特許、著作権等）の諸権利の激しい争奪戦の話題を、毎日のように放送していました。それから今のコロナ感染問題の陰に隠れて、早急に、私たちが対峙しなければならない問題――気候変動、食糧問題、人種差別問題等があぶり出されました。その中に、この知的財産権の問題も含まれています。

今、この新型コロナウィルスの感染を阻止する為に、全世界の人々が、製薬会社の効果のあるワクチンを求めています（これらのワクチンも、特許権のあるものです）。

これは、知的財産権というものが、どんなにか私達の身近にあることを示しています。

このように私達の時代は、過去の分り易く、懐しかった牧歌的日々を忘れさせる時に突入したのかもしれません。誠に残念なことです。

国際化が進むと同時に、今迄対岸の火としか思われていなかった、外国での様々な出来事にも、関わらなければいけなくなりました。

そして私は、ここに、この知的財産権についても、少しでも地方の人に関心を持ってもらいたい為、私の経験を交じえてこの文章を書きました。

何故、地方の人についてかと云うと、知的財産権を取り扱っている専門の事務所（特許事務所）は殆んど、大都市である東京、大阪、横浜等に集中しています。

その為、特許事務所の少ない地方では、この観念は広く知られていません。

例えば、先程も出てきた、私達が毎日見ているテレビの受像機の中には、特許、実用新案、意匠、商標等、一〇〇以上の知的財産権の権利の存在を聞いたことがあります。周囲を見渡せば、エアコン、スマートフォン、そして医薬品等、それらに囲まれて、私達は普通に暮らします。

本屋に行けば、著作権のある本やビデオ、そして、音楽のＣＤ等々。

次に、そんな日常的であるはずの知的財産権が、何故私達には分りにくいか。

その理由は、次のようなものかもしれません。

或る製品を販売しているＡ社は、それを従来のものにＡ社独自の改良を加え、より便利にし、特許権という独占権を市場で得る為に、自社独自の秘密の実験や研究をします。

競争相手のＢ社に、その売り上げで勝つ為、Ａ社は、先行技術を加えたそのアイデアを、特許庁に出願します。

このように、アイデアが出願されるまでは、企業秘密としての開発、また官庁に出願されてから特許登録までの諸過程は、専門的で、分り難いものです。

が、特許制度とは、企業を互いに競わせ、各々の技術を発展させることで、産業の発展に寄与することを目的としています。

そして、このA社と特許庁の間の円滑な手続きをする法定代理人が、弁理士です。

こういう私も、二十七才になるまで、このようなことについては全く関心も無いし、殆んど分りませんでした。

そんな私が、何故、どのような環境に入り、これらに興味を持つようになったのか。

これからお話ししたいと思います。

＊

私は、二十二才の時、東京・千代田区にあるK女子大学の、文芸学部フランス語科を卒業しました。

当時の私の関心事は、ヨーロッパのクラシック音楽でした。仲の良い同級生数人で、自らの教養を高めると称して音楽会巡り。といっても、演奏会の入場料はお金がかかりました。

しかし当時、民放で有名だった音楽番組、「題名のない音楽会」の収録の為の演奏会は、番組招待券の応募に当選すると無料でその収録に参加できました。

司会の故黛敏郎、故若杉弘や小澤征爾がオーケストラを指揮する生の姿を見て、私達は興奮しました。

それから、贔気のバロック音楽のT楽団の定期演奏会に行ったり、友達の知人が芸大のバイオリンの教師で、芸大オーケストラの定期演奏会にも無料の招待券をもらい、鑑賞したりもしました。

今思うと、学生時代をこのように自由に謳歌できたことは、大変幸せに思います。

卒業後は八戸の実家に帰り、亡母が、自宅で裏千家の茶道教室をしていたので、私は、そのお手伝い。茶室、水屋、廊下等の掃除等の下働き。又、週二回、母校で、フレンチカナディアンのシスターから、修道院で、フランス語の会話を習いに通いました。

そのうち、私は、青森市の古い商家の分家から縁談があり、M夫と結婚しました。

今になって思うことは、私だけではなく、両親も悲しませたこの結婚に対し、周囲の人達の言葉に惑わされず、冷静に相手を観察し、判断すべきだったと思いました。

婚家は、地方によくある男尊女卑、封建的、閉鎖的を、絵に描いたような家風でした。

そこでは不必要な苦労が多く、私は妊娠したのですが、妊娠中毒症になりました。

産婦人科の医師から、治療の為、即入院と云われたのですが、そのことを婚家の両親に話すと、

「妊娠中毒症とは、医師が商売の為につけたもの」

と云われ、病院に行かせてもらえません。

実家の両親は、このような態度の婚家に激怒。

私は、この家では、子供は育てられないと決意して別居し、協議離婚をしました。

お腹の赤ん坊は可哀想に太陽を見ず、死産しました。

それでも、八戸の実家で別居し始めた時は、婚家の様々なシガラミから解き放たれた安心感からか、庭の芝生の緑が陽の光に照らされ、ひときわ輝いて見えました。庭の木々や花も、私に微笑しているように見えました。この時の自然は、感動的な美しさで、私を圧倒しました。

妊娠中毒症の治療も、もう実家で安心して、堂々と病院で受けられます。

そして、何より懐しかったのは、かつてのような問題のない日常でした。

私達の結婚に関わったN氏やH氏も、私達に、この離婚に対する云い分を聞きに来ることは全くありませんでした。

(この人達は、地域に幅をきかせている、M夫の旧家としてのブランドのみに耳を傾ける人々でした)


それでも、別居から、二、三週間すると、これから、自分一人で生きていかなければならないという、将来の現実を考えました。

あいかわらずの婚家の私の悪口を言い続ける態度は一際無視し、この一族の影響とは、全くかかわりの無い職業につくことを決めていました。

が、現実には、私の妊娠中毒症の後遺症は続き、八戸の市民病院の主治医から、自宅安静と云われていました。

それに加えて、仕事というものを何一つ覚えていないことに、恐ろしさと焦りを感じていました。


そして、六月になり、或る晴れた日の午後、いつもよりも体調が良かったので、気晴らしに、八戸の商工会議所が開催していた八戸市民の〝発明工夫展〟を見に行きました。

商工会議所は、実家から歩いて十分程の所にありました（ここで私は、その後の人生を揺さぶる〝特許〟との出会い。カルチャーショックに出会うとは、夢にも思っていませんでした）。

展示場は、三階の大ホール。

入口から入ると、そこには、小学生から大人まで、八戸市民のアイデアに満ちた作品が、白布を広げた横長のテーブルの上にずらりと陳列されていました。

——新しいタイプの浄水器、ハエ取り棒、ユニークな魔法ビン等々——

子供達の楽しいアイデアから、大人の真面目な発明迄。そして、これらに共通することは、各作品が、自由闊達な発想から生まれ、加えて、人々にとって役に立つものでした。

これらを眺めていると、私の初めての死産の悲しみ、妊娠腎からくる腎臓の悪化という、思いがけなかった恐怖心も忘れました。

会場で、それらの作品一つ一つを詳しく説明してくれた人は、当時の特許管理士の資格を持つN氏でした。その人は、特許について、どういうものでと、私に説明してくれました。

「特許法とは、すべての人に平等な法律で、未成年者から、大人の創作した作品について、創作をしたという事実行為を保護し、又或る時は、その人に、特許の権利を与えるもので……」

それを聞きながら私は、自分の差別的な結婚生活の状況を思い出しました。

体が悪くても、婚家から病院に行かせてもらえないこと等から命からがら逃げ、離婚したという苦い経験。

そんな私の目前で展開される、N氏による特許法について、万人の人の平等、物事への可能性を追い求める姿勢等……それは、私に明るさと希望を与えるのに十分でした（もっとも後に、私は、特許事務所で働きましたが、理想と現実は全く別なものでした）。

そして、このような方面の仕事こそ、私が望んでいたものであると思いました。

目の前には、今まで私の知らなかった新たな世界が広がり、心は輝きだしました。

この思いがけない発見は、私に大変なカルチャーショックを与え、自宅に帰りました。

その日、久しぶりに心弾む新たな夜を迎え、静かに暮れていきました。

すっかりN氏と意気投合し、可能性への挑戦を助けるこの道に進むことは、私にとって揺るぎないものとなっていました。

この新たな決心から、仕事をみつけたという考えが私を安心させました。

N氏の本業は電気屋でした。がそれとは別に、当時の特許管理士の資格を活かし、大手出版社の科学雑誌の付録を考案する、全国のプロジェクトチームの会員でした。

静養中で時間のある私に、N氏は、

「この、小学三年生対象の科学雑誌の考案等の手伝いをしてみませんか」

と、冗談まじりに言われました。

私は仏文科出身でしたが、このような夢のようなチャンスはこれからも無いと思い、即、OK!!

そして、市内の書店にゆき、小学三年生の参考書を買い、読み漁りました。水でっぽう、バネ、ゴム、じしゃく等々。

N氏から渡された、G出版社からの依頼の書類の中には、前年度に出版された雑誌の付録の、全体図、側面図、背面図等が、ありました。

私はそれを借りてコピーし、それとは異なる付録を考案しようと、様々に発想を巡らしました。

自宅の近所にある、H社という、小中学校の理科の実験の時間に使う器具一般を卸す専門店に行き、陳列されているメーカーの商品を見てアイデアを考えたりもしました。

このように、私の離婚デビューは、未知の感動と喜びに溢れていました。これは、幸せなことでした。心配していた私の体調は、みるみる良好になっていきました。

両親は離婚には大賛成でしたが、その後のこのような無鉄砲な私の行動には、苦い顔をしていました。

特許のことを全く知らない両親には、発明とは、〝額に汗をかかず、労せずして収入を得る変わり者〟でしかなかったのです。このような、この分野に対する無理解は、私が四十代になっても続きました。

そうしているうち、私も、とうとう健康を取り戻しました。

母の友人に、

「まず、体に体力をつけるには歩く仕事。外回りの営業で、体を鍛えなければ」

と、云われました。

私も、その通りだと思いました。体を丈夫にすることは、その時、私にとって真剣な問題でした。

そして、市内にあった、東京に本社のある幼児向けの本を扱う、

和音移調早見計

私の考案した付録

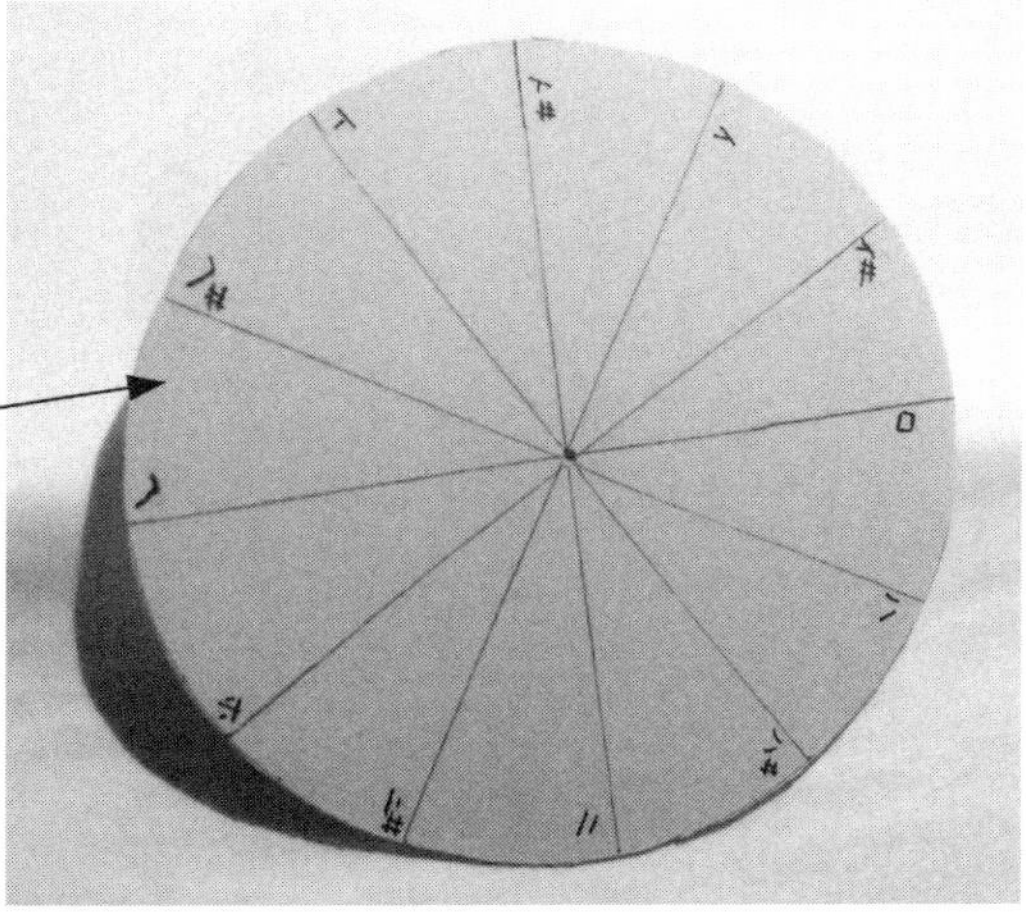

円は360° 時計のように音階も12音（1オクターブ）あることを利用し、30° ずつ分割します。そして一区切りずつ音名を記し、1オクターブにします。

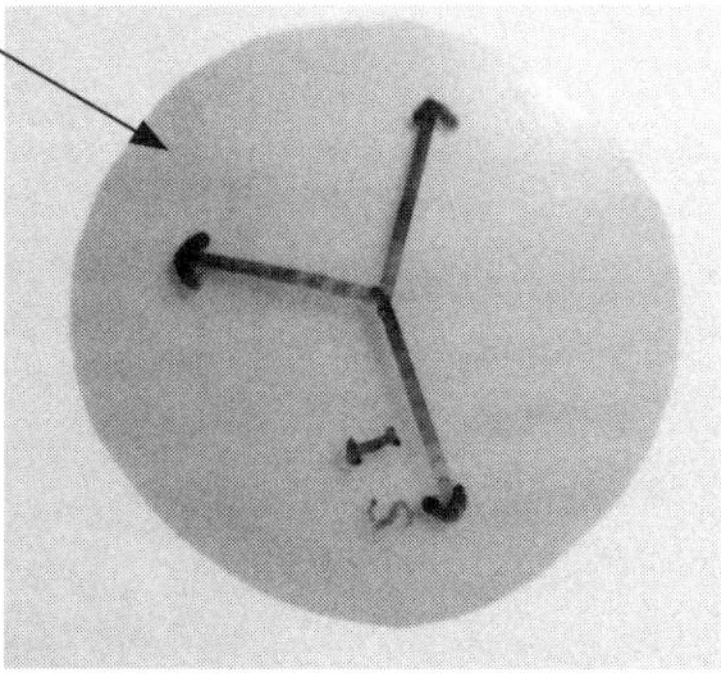

透明な円盤で、１の円盤に可動できるように重ね、Ｉの和音（ドミソ）を示す矢印をつけます。

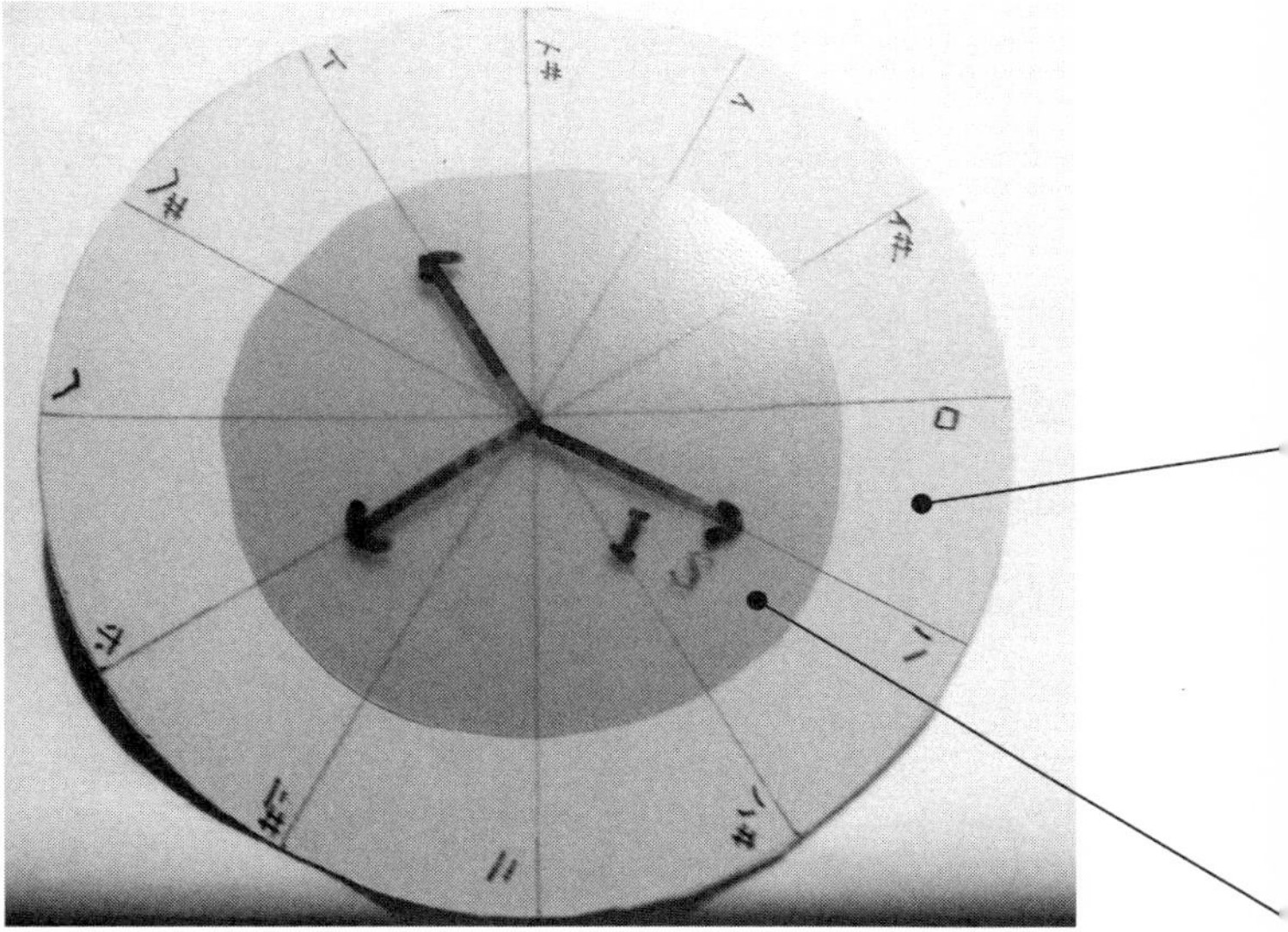

２枚の円盤が重なっていることで、ハ調のＩの和音を示していますが、ロ調のＩの和音を知りたいなら、矢印のスタートをロの目盛りに回すとロ調の和音がわかります。

B社八戸支店に入社しました。

私は一生懸命働いたので、会社の同僚の人達からも可愛がられました。

そして、そこで三年間努力の甲斐もあって、社内の売り上げコンテストでは、百科事典部門で、青森県では二位を達成しました。

一日の仕事を終えて自宅に帰ると、特許管理士の資格取得の為の勉強が待っていました。そのときも、発明に対する夢はあきらめていませんでした。

その頃私は、将来上京して、特許事務所で働きながら、特許庁に申請する書類を書く人になることが希望でした。その為には、まず資格を収得しなければならないと思いました。

そして、その年の秋、東京で、特許管理士の資格試験を受けました。結果は、合格。しかしその資格を維持することに、年会費が必要とのこと。私は、あっさり断念しました（が、このことは、後に後悔することになりました）。

それから私は、両親を説得し、上京することにしました。目指すはもちろん、特許事務所で働くこと。住む場所は、小学校の同級生のSさんのアパート。看護師のSさんは、JICAで東南アジアに行く為、東京を留守にするということで、そこを借りました。

また当面の生活費は、B社の営業の売り上げで何とかするつもりでした。

上京し、翌日早速、飯田橋にある職業安定所に行きました。そして、自分の求職の希望を職員に話しました。すると笑いながら云われたのは、

「特許事務所で働きたいのなら、ここより、A新聞の求人欄に、その情報が多く載っていますよ」

とアドバイスを受けました。

その日は一応アパートに帰り、翌朝早起きして、地下鉄のキヨスクでA誌を買い求め、求人欄を見ました。そして、その中から、分からないながら適当にメドをつけ、数軒の特許事務所へ履歴書を持って行きました。

が、二十八才の私は、体よく断られることばかりでした。

翌日も、次から次へと別の事務所へ職探しに行きました。

が遂に、A特許事務所に履歴書を持って行くと、小太りの大柄な所長との面接で、

「採用します。明日の十時に事務所へ来て下さい」

と云われました。

「お伺いさせて頂きます」

それから、すっかりランラン気分の私はアパートに帰り、早速持参していたダイヤモンド社の『特許の出願』を読みました（雑用だというのに……）。新たな仕事の準備です。

そしてその日は、嬉しく暮れていきました。

翌朝、十時に事務所に着いた私に言われた仕事は、出願書類等を特許庁の窓口に運び、その受領印をもらい、帰ってから事務所のノートに確認のチェックをすることでした。

当時は、現在の、官庁に届ける書類はペーパレスではなく、書面のやりとり。殆んどの事務所では、提出書類は和文タイプのものでした。

Ａ事務所にある海外向け用のＦＡＸ等も、初めて見るものばかり。八戸出身の私は、すべてのものに目を見張りました。

これらに囲まれた幸せな私は、事務所の仕事を覚えようと大張り切り。

そして、頼まれた仕事の中に、書類を書く職員の人達用の筆記用具、消しゴム、原稿用紙等を、同じビル内にある文具店で買い物するというのもありました。又近くにあるタバコ屋で、提出書類に貼る収入印紙も買いました。

が、夕方五時になると、特許庁の書類受付窓口が閉まるので、事務所の中は大忙し。

というのも、その日迄に、官庁に提出しなければならない期限付きの書類、また出願書類を印刷する和文タイプの音が、ひっきり無しに事務所内に響き渡る時刻です。

そして、印刷が出来た文面を、私達が、規定の様式に書類にします。それから私達は提出書類、出願書類をケースに入れて事務所を出、官庁の受け取り窓口へと向かいます。

このような仕事なので、〝限られた時間内に、仕事を完成させる〟という時間感覚は、否が応でも鍛えられました。

つまり私達は、分単位、秒単位で、期限のある書類に係ることが普通でしたから、時計を見なくとも、五分や十分の時間の経過は体で分かるようになりました。この時間への鋭敏な感覚が、この仕事の大半でした。

正確な書類作成と〆切りの時間までに書類を官庁に提出するという繰り返しの仕事は、大変に地味なものですが、同時に恒常性というものの力強さを感じました。

次に痛感したことは、どれほど立派な内容の書類であっても、特許庁にそれを時間内に届ける人がいなければ、その出願書類は成立しないことです。

書類は同じ件のものでも、その通過過程で書類の番号は変わります。新たな過程においては、新たな番号が書類につきます（例——特許出願公開番号等、特許出願公告番号等）。

私は、特許事務所の仕事は、縦軸に時間、横軸には、番号、定型文の正確さから成っていると思いました。

ともかく、私は、この制度をもっとよく知りたかったので、仕事が休みの日は、自主的に、霞ヶ関にある当時の万国工業所有権資料館に見学に行きました（当時は、知的財産という言葉はまだ無く、その総称は、工業所有権でした。また今は、この資料館は名称が変わり、工業所有権総合情報館と改称されています）。

ここには、世界の特許庁で、知的所有権の出願の公開された書類が、一同に揃っていました。勿論、米国のもの、フランス、ドイツ等々。

これらの出願書類は誰でも閲覧可能で、閲覧室には、各特許事務所の職員が来て、彼等の必要に応じ、希望する書類の閲覧の申し込みをします。そして、差し出された書類を机の上に置き、大変なスピードで、その文章と図面を調査していました。これらは勿論、原文です。

特許出願の文章の冒頭は、たいてい、

――本発明は～に関するものであり、それをより好適に≈という風に良好にしたものである。――

これらの文章は、世界各国共通。英文、仏文、独文、日文……すべて、特許出願の定型文として、統一されています。

この方法により権利拾得には、早い者勝ちである、知的財産権の登録までの事務処理を、より円滑でスピーディーにすることが可能となります。このシステムは、時短という点で大変興味深いものです。

ともかく、これ迄は、華やかで、押せ押せが可能だった時を述べてきました。

が、現実は、特許事務所で働けるという、私のこれまでの夢に、厳しい試練を与えられました。

この忙しすぎた毎日（自分でも、このようなことを好んでいたので、仕方ありません）。

アパートへ帰れば、特許の専門書とにらめっこ。

当然、神経を擦り減らし、とうとう疲れ症候群になってしまいました。

私は当時、二十九才。まだ、一人前になれない状況の為に、大変焦っていました。私は熱中するタイプでしたから、仕事と勉強の両立にはさまれ、頭も混乱し、疲労して簡単な仕事もできなくなりました。

その時最も恐れていたことは、書類の処理を間違える、ということでした。

正確さを追求されるこの仕事にとっては、この病気（慢性疲労症候群）は致命的でした。

そして、私は、泣く泣く事務所をやめて、八戸の実家に戻らざるを得ませんでした。

が、このような状態にいても、私は、まだ特許に固執していました。

両親は、体を悪くした私に対し、本気で怒りました。そして私もその通りと思いました。私を診察してくれたお医者様からも両親と口を揃えて、

「特許は、忘れるように」

と命じられました。そして再び、安静を命じられました。それだけ、体も精神も参っていたのです。

体は休めても、精神はメチャクチャでした。

が、私は、一人の名医に出会うことができました。もう亡くなられた主治医です。が、次のような手紙を出しました。

――前略、御免下さいませ。何時も大変お世話になっております。

今回も、誠に恥ずかしいのですが、再びお手紙を差し上げます。どうぞ、父からの手紙と同時並行にお読みいただき、良きアドバイスを下さるよう、宜しくお願い申し上げます。

ノイローゼになりやすい一患者として、またひょっとしたら、私は誇大妄想と、被害妄想の傾向がどうやらあるらしいのです。以下の生意気な文章をお許し下さい。

物事に判断を与えるとき、そのものの一部分をみて、その全体を判断する方法と、また、逆に、そのものの全体をみて、（これは困難なことですが）判断する方法があるかもしれません。

私が、特許があるということに興味を持ったのは、離婚した後です。

一見奇矯にさえ思われる生き方は、理由のある選択でした。その当時の私は、周囲の私に関する様々な誤解と偏見にさらされ、悩み苦しんでいました。一部については認めもしますが、事実と異なることで誤解を受けることは、大変に悔しいことです。そのような時に、私は特許制度に出くわし、この制度の持つ次のような長所にひかれていきました。

以下は、その怪しげな知識ですが……。

1. この制度は、事実行為によってのみ、完成してゆく。

2.（広義に、特許制度をパリ条約と言うらしい）日本の、この条約への真の加盟の目的は、それ迄悩まされていたあの不平等条約（治外法権）の改正を目的としていたこと。

そして、尚、洒落てつけ加えるなら、この制度は、フランス国が確立したものであるとのこと。

私は、実力の伴わない理想主義者であり、又、無知であった為、以上のことが、当時の私の精神的な底流にピッタリあてはまり、信条にまでなってしまいました。

が、興味が進むにつれて、この制度についても、自分自身についても、だんだん恐ろしさを感じてきたことは事実です。

それでも、今ですら、私の心の中に、〝これからだというのに……〟という気持ちを持ち合わせています。

次に大切に思われることは、この仕事は極めて地味なことから出発しているかもしれないことであり、そんなに地味なものとは…と思われるかもしれません。

が、確かに、この地味さの為に神経は酷使するし、又、精神の健康には良くないかもしれないでしょう。

それでも、この制度が、悪い側面しか持たないものであるならば、それは人々に支持され続けられるものではないし、又、資格のある無しにかかわらず、この仕事に一生懸命取り組んでいる人も多いかもしれません。

私は、自分の力不足が原因で、これはあきらめましたが、例えば、これから将来のライフワークとして、地味に、ゆっくりと、（そう簡単なものではないから）気楽に接していければ幸せだなぁと思っております。

別に、学者とか、研究家になるつもりでもないのに、親と食い違って困りました。

What shall I do？

私も三十四才。そう若くもないのに、恥ずかしながら何一つできていないこと。悔しく、残念に思っています。――

先生は、私のことを理解して下さったようで、私が特許に夢中なことには、何も云われませんでした。

両親は相変わらず、私の特許狂いには渋い顔をしていました。

体調が、また普通に戻るまで、私は毎日、特許関係以外の古典や哲学も読んで、家族からも孤立無縁となってしまった自分の精神のバランスを取ろうとしました。

当時は、まだインターネットもスマホも無い時代でした。

その中でも、私がとても強く印象に残った本は、カナダのモンゴメリ女史の名作、『赤毛のアン』でした。

小説の舞台は、カナダのプリンス・エドワード島の風光明媚な小さな田舎町。

空想好きでおしゃまな女主人公、アンを取り巻く学校の同級生との、様々な事件や友情、又親友ダイアナとの交流等。

それらに加えて、登場するのは、村人達の楽しいお茶会。手作りのクッキー、果物入りのケーキ、いちご水等、冷蔵庫も無い時代に、手作りお菓子を、各人持ち寄っての素朴な親睦会。美しい日常の行事でした。

私は、この作品に、笑みがこぼれると同時に思ったことは、文化とは何であろうかということです。赤毛のアンの世界には、都会的とか、便利さなどはありません。それでも、そのような環境の中でも、青春の輝きがあることに、本当に心打たれました。

なるほど〝文化〟(civilization, culture)を英和辞典で調べると、

civil　a　1市民(citizen)の…　2文明の(civilized)、上品な、丁寧な、礼儀正しい

civilization　1教化〔開化〕すること　2文明、文化。

civilized　a　1文明になった、文化の進んだ　2礼儀正しい、丁重な、洗練された

cultivate　v.t.　１（土地を）耕す（till）……　２（植物を）栽培する。　３（才能・趣味・習慣などを）育成する、養成する…　４（精神を）陶冶する、修養する。　５（学術・芸術などを）助成する、育成する…

culture　n.　１耕作・栽培・養殖…　２訓練、修養…　３教養、文化、文明…

――カレッジクラウン英和辞典　第23刷　三省堂書店　参照――

文化というものは、人の営みが、とりわけ普通の人の営みが、常に存在し、又は、各人の介在がある……、ということから生まれるのかも知れません。

そんな時、父の母親である祖母が、八十九才で山形の田舎から我が家に引越してきました。父が、高齢の母を自宅に呼び寄せたのです。

私は、前述していたように、子供を失っていたので、祖母の面倒をみることに楽しみを見入出そうと思っていました。

そして運良く、私達の交流は、私に、精神と肉体のバランス感覚を目覚めさせていきました。

祖母は、楽天的で頭の良い人でした。

彼女が家に来た時、食事について、おかずは魚の方がよいか肉の方がよいのかと聞きました。

彼女は、口元に微笑を浮かべ、

「魚もいいけど、肉もいいのう」

と婉曲に、両方食べたいという自己主張をし、私達を笑わせました。

祖母は、応接間だった部屋を、祖母の寝室にしました。

このように、いつも私達を笑いへとさそう、チャーミングな祖母に馴れない洋間で過ごしてもらう為、私は、部屋の照明のつけ方、又、ベッドの横にある電気スタンドや、電気毛布のコードのコンセントの差し方等々、丁寧に教えました。

彼女は憶えも良く、私達を喜ばせました。

それでも、やはり少し遠慮してか、次のようなこともありました。

彼女は、大のお菓子好き。根っからの甘党で、好きなだけお菓子を食べても、糖尿病にならない、奇特な体質（もっとも、高齢だったので、食べる量は少なかったかもしれません）。

そして、好物の飲物は、サイダー。

家族は、夕食を台所で一緒に食べたものです。

その時、台所の片隅には、母が近所の酒屋に注文した一ダースのサイダーの瓶が置いてありました。

一緒に、私達が夕食を摂っていた時、彼女は、大好きなサイダーのある場所を見逃しませんでした。

翌朝、母が、彼女の寝室を掃除しにいきました。枕もとの整理をしたとき、枕をひっくり返すと、台所にあったはずのサイダーの瓶が一本、隠れていたではないですか。

果して、祖母は田舎を離れて淋しかったのか、サイダーの瓶を、お守りがわりにしていたのか。枕の下に忍ばせていたのです。

驚いた母と私。

しかし待てよと私。この祖母なら、こういう時どのように振る舞うのか。興味津々でした。

彼女は、全く悪びれる様子も、照れ隠しもせず。すまして満面の笑みをたたえながら、ニッコリと微笑して、私達に云い放った台詞は、

「あれ、まあ。どうかしたのかのう」

そして、祖母のサイダー事件は、あっさりと幕を降ろしました。

このような祖母との出会いが、私の辛い時期を、乗り越えることを可能にしたものと思っています。

私はこの時同時に、他人を見れなくなる視線恐怖症も患い、家の外に出れない状況でした。

それでも、祖母との関わりで、少しずつ小康を取り戻してきました。と共に、やはり特許のことが気になってきました。

そして、今度は両親に隠れて、〃特許法概説第六版〃を注文し、読み始めました。

私は、国家資格を最後のとりでとして考えていました。

祖母は、私が三〇代になるのに、独身で勉強を続けている姿を見て、「めどけないのぅ」（可哀想だね）と、よく云いました。

しかし、私は、知的財産権が日毎に国際化している現実、未来への潮流になることを信じていました。

両親の無理解は、時期が来れば必ず解決すると考え、自分を励ましていました。

それから嬉しいことに、私が読んでいた、特許関係の本について、その内容に疑問があり、販売元に拙問を送付したら、この業界の重鎮であるK弁理士先生から、直筆で、私の質問に御返事を下さいました。

このことで、不安定な立場にいることに対して、私は大変力づけられました。

しかし、仲の良かった祖母も九十二才で天寿を全うし、私の立場は、益々周囲から不安定に見られるようになりました。

そこで、私は両親に、再度上京して働きたいことをお願いしました。

両親は、呆れながらも、仕方が無いという具合で、渋々私を許してくれました。「もう特許には係わらない」という条件で。

そして上京し、板橋区の下町に、安価なアパートを借りました。

何とか出直そうという気持ちで職安に行き、ゴルフ場経営の〃K

社〟で働きました。

そのとき、私に出来た仕事は、コピー、簡単な書類の記入に電話番。私は、特許のことしか知らなかったのです。この時、三十五才。しばらくして、女社長からいわれたのは、「年齢を考えると、もう少しできても良いのではないですか？」と皮肉られました。

ここは女性だけの職場なので、皆から白い目で見られました。私は、その通りだと思っていたので、我慢して二年間働きました。

そんな状況の中でも、実家の両親は、私の口座に、月に五万円送金してくれました。が、その頃は、家業が経営危機に陥っていた時で、経済的に余裕の無い時期でした。そんな状況下でも、私の足りない生活費を思い、毎月送金してくれました。

私は、自分の情けなさと両親の有難さに何度も銀行のＡＴＭの前で涙を流しました。

しかし私は、自分の信念を偽って働き続けていたことには変わりはありませんでした。そのせいか、また体の調子を狂わせました。とうとう、アパートでも一人で風呂にも入れず、食事も作れない状態になりました。

私は、再々度、実家に帰ることになりました。そして帰る前、弘前国立病院に入院し、三日後、主治医に云われたことは、

「あなたは、膠原病を発症しました」

ということでした。またまた両親に心配をかけることが不安でした。

不幸中の幸いだったのは、実家の経営が持ち直したことでした。

そして一月余り、ベッドの上のみで過ごす日が続きました。

が、主治医の御指導と、看護士さん達の献身的なお世話のおかげで良好になり、六ヶ月余で退院しました。そして、八戸の実家に、帰りました。

我が家に着いた時は、私は両親の前で膝まずき、この家に住むことをお願いしました。

父は呆れたように、

「もう、病気にはなるな」

と云いました。私もその通りだと思いました。が、今回は、自分に合わない仕事をしたということで異常なストレスに見舞われて、大変になったことを、じっくりと考えました。

私達の年代（一九五三年生）になると、殆んどの人は、何らかの蓄積を持っています。主婦は、これまで、子供と夫との家族生活を積み重ねてきたこと、又職場で働いている人も、仕事で会得した技能、また人間関係等。そして私も、ここまで来た信念は曲げずに、継続しなければならないことを思いました。

私は、膠原病になる以前でも、ともかく、知的財産権の仕事に対する周囲の無理解と私の熱中のしすぎから、体を不健康にするケースが多かったと気づき始めていました。

かつて、A特許事務所で働いたときも、他の特許事務所から引き抜きされそうになった事もありました。私は、この職場の職員から信頼を持たれ、楽しく接してもらっていたのです。そのことが、私の体に浸みついているのでしょう。

弁理士試験が難関ということは、殆んど考えていませんでした。それは、かつての職場が、私にとって最高のものであったことだけです。

加えて、この制度はフランス生まれのもの。ＮＨＫの大河ドラマ、〝青天を衝け〟の主人公・故渋沢栄一が、若かりし頃活躍した、パリ万国博覧会……これが、近代の特許制度の起源です。


それから、年も明け、私は小康を得ていました。

私の耳に入る情報は、一九七四年、米国の通商法三〇一条の発動。加えて、スペシャル三〇一条という、知的財産権の対外制裁。

平たく云うならば、対日貿易赤字が増大し、いわゆる日本車バッシングの写真、日本車への投石、車がひっくり返されたりの報道がされました。

この米国の一方的な、知的財産権の強化策に対し、それに係わる日本の弁理士と、特許弁護士の数は、当時四〇〇〇人。対して、米国の専門家の数は、二〇〇〇人と云われました。

私は大変悔しい思いで、テレビニュースを見ていました。

この我国の立ち打ちのできない状況に、私自身も加わり、しっかり応援できたらと願いました。どうしても資格が欲しかったのです。

そこで私は、無理を承知で、上京して特許の専門学校へゆきたい旨を両親に頼みました。

やはり両親は、大変渋い顔をしていました。

それでも私が、全く意に添わなかった仕事をして、またまた体を壊してしまったことで、親として成す術がなかったのだと思います。

私は、八戸の近くにある特許事務所に資格を取る為の相談に行くことにしました。その頃八戸には、まだ弁理士先生のいない時で、私は電話帳を見て、岩手県盛岡に弁理士先生がいることを見つけ、早速電話しました。ともかく、先生に一度お会いしたいという旨を述べ、電車で盛岡まで行きました。

盛岡の先生の事務所に着くと、先生の最初の言葉は、

「東北では、弁理士はダメです。職業すら一般の人に知られていないし、全く困ったものです」

と言われました。

それでも、私は資格を取りたい旨をお話ししました。

すると先生は、

「では、一日六時間勉強しなさい」

と云いました。

私は、帰りの電車の中で、先生に云われたことを何度も反芻して

いました。

そして私が盛岡から帰って、一ヶ月余。

季節は晩秋になり、我が家の庭のモミジもその葉を美しい紅に染める頃を迎えました。

そんな或る日の夕食後、父は思いつめた表情で私の部屋に入ってきました。

「三年間だけ、東京に行きなさい。その間に専門学校へゆき、勉強しなさい」

「分かりました。有難うございます」

私は、やっと両親の赦しがでたことで涙が溢れてきました。これまで反対してきた両親の、ゆるせなかった気持ちも理解していたので、何ともいえなく涙が流れました。

そして、私は、再び上京しました。

*

現在、知的財産権は、産業財産権とも呼ばれています。

つまり、もう特許をはじめとする、知的財産権だけの限られた範囲のものだけではありません。産業全体に関わるもので、特に、今は農業問題にも幅を拡げています。

弁理士の資格試験の学科は、特許法、実用新案法、意匠法、商標法、パリ条約があげられます。

私は、現在、その中のパリ条約の基本書、後藤晴男先生のパリ条約講話を読んでいます。

私は古い話ですが、大学卒業時に、仏語実用検定資検の二級の資格を持っているので、少しずつ条約を読めればと思っていますが、難しいです。これを私の特許から始まった、次の目標にしたいと思っています。

余談ですが、私が若い頃B社にいたとき、聞いた話です。英国の有名な百科事典、エンサイクロペディア、ブリタニカについてです。

発刊後一〇〇年を経過すると、その中身は五〇パーセント書き直すということを聞いたことが、あります（もっとも今から、三〇年以上前の話ですが）。

そして、現在は激動の時代です。

日々思いがけないニュースが放映されます。

そして今思うことは、本物に近いものは様々な側面からなっているかもしれないこと。宗教ですら、天国もあり、ハルマゲドンもあります。

しかし、様々な変化に対するものとして、幸せなことにこの文章の中で述べた古典の存在があります。時代の洗礼を受けて、様々な状況の中で淘汰され、それでも人々の強い支持を得ているもの。

私は、ストレスの多い現代社会に生きる人の精神のバランスをとるのは、古典に接しながら新たな時代を認めることだと思います。

輝《かがや》くとき

発行日　2022年5月23日　第1刷発行

著者　嬉代子（きよこ）

発行者　田辺修三
発行所　東洋出版株式会社
〒112-0014　東京都文京区関口1-23-6
電話　03-5261-1004（代）　振替　00110-2-175030
http://www.toyo-shuppan.com/

印刷・製本　日本ハイコム株式会社

ISBN 978-4-8096-8654-2　定価はカバーに表示してあります

ISO14001 取得工場で印刷しました